Bible bb's

EN UN PESEBRE LEJANO
AWAY IN A MANGER

Little Shepherd
an imprint of Scholastic Inc.
New York

En un pesebre lejano,

Away in a manger,

a falta de cuna y cama,
no crib for a bed.

el pequeño Niño Jesús
su cabecita descansa.

The little Lord Jesus
laid down his sweet head.

Las estrellas del cielo

The stars in the sky

a contemplarlo salieron.

looked down where he lay.

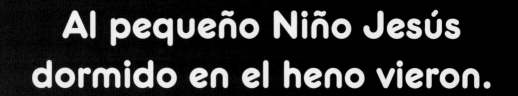

**Al pequeño Niño Jesús
dormido en el heno vieron.**

**The little Lord Jesus
asleep on the hay.**

Las vacas mugen,

The cattle are lowing,

al bebé logran despertar.

the baby awakes.

Pero el Niño Jesús
no se echa a llorar.

But little Lord Jesus,
no crying he makes.

¡Niño Jesús, te quiero!

I love you, Lord Jesus!

Mírame desde el cielo

Look down from the sky,

y hazme compañía
and stay by my side

hasta que sea de día.

till morning is nigh.